获益一生

的 知识故事

胡罡 主编

黄河出版传媒集团
阳光出版社

图书在版编目（CIP）数据

获益一生的知识故事 / 胡罡主编 .—— 银川：阳光
出版社 ,2016.6
（校园故事会）
ISBN 978-7-5525-2667-7

Ⅰ . ①获… Ⅱ . ①胡… Ⅲ . ①故事 – 作品集 – 中国
Ⅳ . ① I247.8

中国版本图书馆 CIP 数据核字 (2016) 第 143359 号

校园故事会　获益一生的知识故事　　　　　胡罡　主编

责任编辑　徐文佳
封面设计　华文书海
责任印制　岳建宁

黄河出版传媒集团
阳 光 出 版 社　出版发行

出 版 人　王杨宝
地　　址　宁夏银川市北京东路139号出版大厦（750001）
网　　址　http://www.yrpubm.com
网上书店　http://www.hh-book.com
电子信箱　yangguang@yrpubm.com
邮购电话　0951-5047283
经　　销　全国新华书店
印刷装订　三河市京兰印务有限公司
印刷委托书号　（宁）0001539

开　　本　710mm×1000mm　1/16
印　　张　7.75
字　　数　96千字
版　　次　2016年9月第1版
印　　次　2016年9月第1次印刷
书　　号　ISBN 978-7-5525-2667-7/I·703
定　　价　16.80元

前　言

　　我们在故事的摇篮里长大,故事就像一个最最忠实的好朋友,时时刻刻陪伴在我们身边。它把勇敢和智慧传递给我们,也把快乐、爱与美注入我们的心田。

　　《校园故事会》系列所选用的故事内容丰富、主人公形象生动活泼,而其寓意也非常深刻,会让你在愉快的阅读中了解到什么是美,什么是丑,什么是善,什么是恶,什么是直,什么是曲。我们相信,这些故事一定会使广大学生受益匪浅。真诚地希望本系列丛书能成为家长教育孩子的好助手,学生成长的好伙伴!

　　本系列丛书内容包括亲情、哲理、处世、智慧等故事,会使你在阅读中收获真知与感动,在品味中得到启迪与智慧。可以说,它们是父母送给孩子的心灵鸡汤,自己送给自己的最好礼物,同学送给同学的智慧锦囊,老师送给学生的精神读本。

　　总而言之,这是一套值得您精读,值得您收藏,更值得您向他人推荐的好书。因为课本上的道理是一条条教给您的,而这套书中的“故事”所蕴含的大道理、大智慧是要您自己揣摩的。

　　本系列图书在编写过程中不免会有瑕疵,望广大读者批评指正,我们会虚心改正。

编　者

目　录

小松鼠藏果子

小松鼠到猴爷爷家去玩。猴爷爷热情招待他,捧出柿子、鸭梨、红果给他吃。

小松鼠吃了柿子又吃鸭梨,吃了梨又吃红果子,直吃得肚子圆滚滚的。

小松鼠一时吃不完剩下的果子,就偷偷放进口袋里,带回家去。他怕被别人偷去,就想到在院子里刨个坑,埋在地下,什么时候想吃再挖出来。他说干就干,把果子埋藏好了。

小松鼠出门旅行,整整玩了一个月,才回家。

小松鼠一进家门,就想起了埋藏的果子,他啥也不干,先找到了埋果子的地方,想把果子刨出来吃,他挖呀,找呀,一颗果子也没找到,地上倒长了些绿苗苗。

小松鼠顶纳闷,果子到哪儿去了呢?

小松鼠呆呆地坐在门口,小喜鹊飞来问:"喂,好久不见,你怎么变傻了?"

小松鼠说:"我在想问题。"接着把藏果子的事跟喜鹊说了。

喜鹊听了笑着说:"你呀,连这点知识都不懂,果子埋在地里全都烂了。留下的种子发了芽,长出了绿苗苗,你还到哪儿找果子呀!"

知识拓展

　　种子是由前一代植物开花后的胚珠发育而来的,其中有胚,在适宜的条件下,由胚发育成下一代植物体。

小壁虎掉尾巴

有群壁虎,住在一个人家的墙缝里。

一天,有只小壁虎,离开妈妈,出去找东西吃。

小壁虎用四只脚紧紧地吸住墙壁,在墙上爬来爬去,就像在平地上爬行一样,不会掉下来。他一边爬,一边东看看,西瞧瞧,一只蚊子飞过来,他张开嘴,用舌头粘住蚊子,一口吞进肚子里。一会儿,又飞来一只苍蝇,小壁虎又张开大嘴,把苍蝇吃掉了。小壁虎光顾着吃虫子,没注意到院子里有一只小花猫正瞅着他呢。

小花猫看见小壁虎在墙上爬来爬去,越爬越低,觉得好玩,就弓起身子,"呼"地一下子扑过去,抓住了小壁虎的长尾巴。小壁虎使劲地一挣,把尾巴给挣掉了。小壁虎没有了尾巴伤心地哭着回家了。

壁虎妈妈赶紧哄他:"孩子,别哭,尾巴掉了不要紧,过些日子,你又会长出条新尾巴的!"

"真的?我还能长出条新尾巴?"小壁虎惊奇地问。

"咳,咱们壁虎就有这么一种本领——尾巴掉了,过不了多久,又会再长出一条尾巴来。以后你要是再遇到敌人抓住你的尾巴,你就把尾巴留给他,自己赶紧逃走,反正以后还会长出新尾巴来的。"

小壁虎听了妈妈的话,回头看看自己的秃尾巴,真盼望早点儿长

3

获益一生的知识故事

出新尾巴来。

知识拓展

　　壁虎身体里有一种激素,这种激素能再生尾巴。当壁虎尾巴断了的时候,它就会分泌出这种激素使尾巴长出来,当尾巴长好了之后,它就会停止分泌。

小白兔查耳朵

小白兔当了医学博士，他不研究别的，专门研究动物们的耳朵。他还准备写一本书呢。

为了写好这本书，他就一个个调查起来。小白兔头一个就去问大黄狗："你的耳朵有什么特点呀？"

大黄狗说："打猎的时候，我把两只耳朵一竖，任何声音我都能听出来。我的耳朵还能转换方向，四面八方的声音都能听到。"

小白兔把他的话全记下来，又去问蝙蝠："你的耳朵怎么样？"

蝙蝠大嫂说："我的眼睛不好使，白天是'睁眼瞎'，夜晚稍微好些。我飞来飞去捉蚊子，全靠耳朵保证安全飞行哩！"

原来蝙蝠飞行时，嗓子里不断发出一种"超声波"而这种声波人们听不见。它一碰到墙壁或挡着的东西，会立刻反射回来。而蝙蝠一听见，就知道前面有东西挡着，就马上躲开。

小白兔听了，说："你的耳朵真不简单！"说完又去问松鼠。

小松鼠说："我整天在密密的树丛里穿来穿去，全靠耳朵保护眼睛。"

小白兔听了，笑道："啊，你的耳朵成了挡箭牌啦！"后来，小白兔又去问鼹鼠。

鼹鼠说："你仔细看看，我没有耳朵。因为我要在地底下生活，要是长了耳朵，在地下钻来钻去，多碍事呀！"

小白兔跑了一天，又掌握了不少资料。不用说，他那本书肯定能写得很好。

知识拓展

　　动物的耳朵和人的耳朵的基本功能一样。有的动物不仅听觉非常灵敏，而且耳朵形态也长得特别，蝙蝠的耳朵圆圆的，与身体相比显得很大。蝙蝠飞行时，耳朵像两只喇叭口，能接收口中发出的超声波，耳朵上的毛还能觉察到轻微的动静。

老寿星

在一座大森林中,有片湖水,湖边有一棵红杉树。

一天,一只鹿对天上的老鹰说:"我的年纪比你大多啦,今年我已经 20 多岁了。"

老鹰说:"20 多岁算什么? 我已经 50 多岁了!"

恰好大象公公从树旁走过,他说:"森林里数我年龄大,我今年整整 100 岁啦!"

湖中哗啦啦一阵水响,梭鱼探出头来说:"象老弟,吹牛可不好。你看,我比你整整大上 50 岁呢!"

这时,趴在湖边的乌龟也伸出头来,得意地说:"你们谁也比不过我,我今年已经 300 岁了!"

在一旁听了半天的红杉树笑着说:"要让我看,你们都算是小娃娃,因为,我已经在这个世界上活了 4000 多年了。"

大家惊奇地"啊"了一声,谁也不敢再说什么了。

从此,大家都管红杉树叫老寿星。

获益一生的知识故事

知识拓展

　　红杉树生长在亚热带森林中,树干直径巨大。叶子呈鳞状,很小,有粗钝的齿形,紧贴在茎上。成熟的高达 60～100 米,寿命也特别长,有不少已有 2000～3000 年的高龄,甚至有生长了 5000 年之久的古木。红杉树生长神速,成活率高,而且树皮厚,具有很强的避虫害和防火能力。所以它被公认为世界上最有价值的树种之一。

蜘蛛妹妹穿新鞋

蜘蛛妹妹在墙角织了一张网,准备逮几只苍蝇蚊子尝尝。可等了好一会,没见动静,她就爬到墙角下休息。

她看到自己光着脚,从没穿过一双新鞋,心里说:"我为什么不买双鞋穿穿呢?"想到这儿,他就爬到树上,到小松鼠开的鞋店里,买了一双微型小皮鞋穿上,高高兴兴回家了。

回到家,蜘蛛妹妹发现门前的蜘蛛网动了一下。仔细一看,原来是只大苍蝇粘在上面了。

"哈哈,这下有好吃的啦!"蜘蛛妹妹急急忙忙爬上蜘蛛网,可怎么也爬不到苍蝇那儿。原来,她的脚被粘住了。急得她哇哇地大声叫起来。

蜘蛛妈妈听到叫声,连忙爬上蜘蛛网,费了好大的劲,才把蜘蛛妹妹拉下来。

妈妈责怪她:"你这孩子,怎么能穿着鞋上网呀?"

蜘蛛妹妹问:"我穿着鞋怎么会被网粘住呢?"

妈妈说:"我们的网上有一层粘液,能粘住苍蝇,我们的脚上有一种防粘液,所以粘不上。你穿上鞋,遮住了防粘液,当然要被粘住喽!"

听了妈妈的话,蜘蛛妹妹吓得连忙把新鞋脱下,去还给小松鼠了。

知识拓展

　　蜘蛛的脚里没有一点肌肉,而是充满着一种液体。蜘蛛可以随时调节这种液体的压强来控制8条脚的运动,所以它在网上可以进退自如。

孤独的小蚂蚁

　　有只小蚂蚁，一天，他和伙伴们一块儿去寻找食物。走到半路，小蚂蚁闻到一股香味，他离开了队伍，顺着香味，来到一棵桂树旁。桂树正开放着金灿灿的桂花。

　　他沿着树干爬到树顶的花瓣上。他来到了一个香喷喷的世界，全身都沾满了浓郁的桂花的香气。后来，他不知不觉地在这香气中睡着了。

　　小蚂蚁醒来，一看天色不早，就急急忙忙往家走。远远地他看到了自己的窝，看到了窝口的两个小伙伴。他急匆匆往里钻，不料，那两个小伙伴竟把他当敌人，张开嘴，恶狠狠地朝他扑过来。他一下子吓呆了，他们曾经是好伙伴啊！

　　接着，窝里又冲出一群蚂蚁，他们全是他的好伙伴，可是，现在全都翻脸啦，都冲上来咬他、抓他。

　　他边逃边喊："我是小蚂蚁呀！"

　　直到伙伴们不再追了，他才停了下来，站在小河边伤心地哭了。

　　小蚂蚁多么孤独啊！

　　他想不出自己做过什么坏事，伙伴们竟会这样恨他、咬他，赶走他。

11

获益一生的知识故事

小朋友们，你们知道这是为什么吗？

知识拓展

一群蚂蚁就是一个大家族，它们都有一种特殊的气味，如果有不同气味的蚂蚁靠近，这群蚂蚁就会群起而攻之。

奇怪的耳朵

夏天的晚上，昆虫们常常举办音乐会。来听音乐的虫儿可不少呢。这天，音乐厅刚开门，雌知了、飞蛾、金钟儿和雄蚊子就来了，他们坐在第一排，有说有笑地等着演出开始。

服务员螳螂说："观众们请坐好，音乐会就要开始了！"

雌知了一听，就挺起了肚皮；飞蛾也展开了双翅；金钟儿呢，把前脚跷得老高，就像是要往上爬的样子；雄蚊子伸出了头上触角的绒毛，他们都准备好好地欣赏音乐。

螳螂服务员一见前排这几位观众的样子，就说："金钟儿，请把前脚放下。雄蚊子，不要伸出头上的触角，那样不礼貌。雌知了，你挺着肚皮多难看！飞蛾，你的翅膀最好也放下来。"

金钟儿对螳螂服务员说："对不起，因为我的'耳朵'长在前脚上，如果我放下前脚，那就听不见了。"

雄蚊子也对螳螂说："我的'耳朵'就是触角上的绒毛，如果我把触角放下，就成了聋子啦！"

雌知了也说道："我不是成心挺肚皮的，我的'耳朵'长在肚皮上，挺着肚皮才听得清啊！"

飞蛾说："我的'耳朵'长在胸部，要张开翅膀才听得清。"

蟑螂听了,这才明白他们的"耳朵"长的部位各不相同,便说:"原来是这样。那好吧,就请按你们自己的习惯坐吧!"

知识拓展

一般动物的耳朵都长在头上,可是昆虫的耳朵却长在特殊的部位,它们的耳朵之所以长在这些部位主要是因为它们生存的需要。

获益一生的知识故事

小青虫哪儿去了

美丽的春姑娘，已到了田野上。她见草儿躲在泥土里，小河里结着冰。树上光秃秃的，没有一片树叶。不过她看见树枝上挂着一个黄色的两头尖的小包包，随着风儿摇摇摆摆。这是什么？哦！原来这个小包包是小青虫变的。去年秋天，小青虫变成了这个小包包就睡着了，一直到现在还没醒呢。

春姑娘想，这小青虫快要醒了。我要把世界变个样儿，让小青虫醒来时大吃一惊！于是，春姑娘请小草快点变绿，小草立刻从土里伸出头来。嗬，大地马上变成了一片绿色。

春姑娘又请小河帮忙，小河点点头，河里的冰就化了，河水"哗哗"地唱起了歌。

春姑娘又请树和花儿帮忙，没多久，树上长满了绿色的嫩叶子；各种各样的花儿也都开了，真是美极了。

春姑娘飞到小青虫那儿，说："小青虫，你该醒了！瞧！世界多美呀！"可春姑娘叫了半天，小青虫却没说话。她再仔细一看，咳，小尖包包上有一个小缝缝，小青虫不见了。

春姑娘东瞧瞧，西看看，呀，有一只蝴蝶在花丛里跳舞呢。这只蝴蝶多漂亮啊！她翅膀上好像镶着各种颜色的珠子，太阳一照，珠子还

15

获益一生的知识故事

会闪闪发光呢。小河，小草，花儿和树看见了这只蝴蝶，都惊叹地说："唷！多漂亮的小姑娘啊！她是谁呀？"

春姑娘笑了："你们不认得她吗？她的名字叫'蝴蝶'！就是挂在树上的那个小尖包包里的小青虫变的啊。"

知识拓展

蝴蝶是属于完全变态类的昆虫，它的一生具有四个明显不同的发育阶段：(1)卵期(胚胎时期)；(2)幼虫期(生长时期)；(3)蛹期(转变时期)；(4)成虫期(有性时期)。

天狗吃月亮

　　一瞧题目，小朋友们准奇怪，天狗怎么能吃月亮呢？其实呀，这是民间的说法，在科学上这叫月食。

　　小强这孩子，不明白什么叫月食，就去问奶奶。奶奶说："现在叫月食，我们小时候叫天狗吃月亮。人们担心天狗吞掉月亮，就拿着锣敲呀，喊呀，把天狗吓跑了，月亮就出来了。"小强听了，觉得更奇怪了。

　　吃过晚饭，爸爸说："今晚正巧有月食，咱们看月食去。"小强拉着爸爸的手，来到河边。啊，圆圆的月亮像个大玉盘似地挂在天空，不一会，月亮不圆了，好像被什么怪物咬去了一块似的。慢慢儿，月亮又变成了一只小船，接着，小船不见了，月亮又变得像一把镰刀。一会儿，又变得像弯弯的眉毛，这时，天色越来越暗。又过了一会儿，弯弯的眉毛也不见了，整个月亮被黑影吞没了，只留下一个红铜色的圆影子，看上去像一面锣。

　　小强看呆了，紧张地问爸爸："月亮真的被天狗吃掉了吗？"爸爸笑着说："不是天狗吃月亮，是地球转到了太阳和月亮的中间，挡住了太阳光。太阳光照不到月亮上，这就叫月食。等到地球转过去了，月亮又会亮起来的。"

　　果然，过了一会儿，月亮又露出了，起先像弯弯的眉毛，接着，像镰刀,像小船,天色越来越亮。最后,月亮从黑影里出来了,仍旧是圆圆的,像大玉盘似的挂在天空,银光落在河面上,闪闪发亮。

小强拍着手说:"我懂啦,这不是天狗吃月亮,是地球挡住了太阳光,这叫月食!"

知识拓展

月食是自然界的一种现象,线当太阳、地球、月球三者恰好或几乎在同一条直线上(地球在太阳和月球之间),太阳到月球的光线便会部分或完全地被地球掩盖,产生月食。

平平刷牙

　　有个小男孩，名叫平平。平平常喊牙齿痛，有时疼得哇哇哭哩。

　　平平为什么常常牙痛？是因为他不好好儿保护牙齿。他天天要吃糖，晚上该上床睡觉了，他还在缠着妈妈想要吃糖，他说："妈妈，我要吃糖。"

　　妈妈说："平平，睡觉前吃东西会损害牙齿的。"平平头直摇："我不相信！不相信！"

　　妈妈拿来一碗醋，一个鸡蛋，对平平说："你过来摸摸蛋壳！"平平摸了摸，说："摸它干什么？妈妈说："硬不硬？"平平说："硬！"妈妈把鸡蛋泡在醋里，告诉平平，过几天再看看有什么变化。

　　过了几天，妈妈从醋里捞出鸡蛋，让平平摸。平平一摸，惊奇地说："哎呀，蛋壳变软了。"

　　妈妈说："是醋里的醋酸使鸡蛋壳变软的。人要是睡觉前吃了东西不刷牙，也会产生一种酸，时间长了，就会损害牙齿。"

　　平平说："那牙齿要疼的吧？"

　　妈妈说："是啊，我们要每天刷牙，饭后漱口。平时吃东西要注意，不要吃太冷的东西，也不要吃太热的东西，更不要咬太硬的东西。"

　　平平听了，说："妈妈，你说得对，这下我懂啦！"说完，他端了杯子，拿起牙刷刷牙去了。

知识拓展

一天三顿饭菜，还吃喝别的东西，渣子积存在牙缝里，就会发生腐烂，产生细菌，使人体生病。晚上刷牙，就可把它及时清除掉，所以，晚上刷牙很重要。

小黑猪种果树

谁都知道,小黑猪是个懒家伙,什么活儿也不想干。可去年,他却在山坡上种了不少果树,连他自己也不知道呢。这是怎么回事?

一天,小黑猪上山玩,看到山坡上有很多梨树和桃树,他高兴极了,就伸出爪子,摘了好多个,大口大口地吃下肚,连果核都不吐,一起往肚里吞。

吃饱后,他玩了半天,又在荒地上拉屎撒尿。他头一低,又看到荒地里有野花生,他就用嘴和前爪翻呀刨呀,把拉的屎撒的尿都翻到泥土里去了。

几场秋雨之后,很快天气逐渐冷了,大地进入了冬季。大雪飘飘,小黑猪嫌冷躲在家里不肯出门了。直到春暖花开,大地披上了一次绿色。他才又来到山上玩耍。他到荒地上一看,咦,这里长出了一株株绿油油的小树苗,有的像梨树叶子,有的像桃树叶子,他不由觉得奇怪,自言自语地说:"这里的果树苗是谁好心种下的呢?"

其实是他自己种的。不过,他自己不知道。

小朋友,你明白其中的道理吗?

知识拓展

　　植物种子成熟时大部分会自动掉落,如果种子都落在植物的附近,其生长的空间就会受到一定的影响,因此它们就会利用各种方式把自己的种子传播到较远的地方,它们传播的方式又很多种,比如用风力来传播、利用动物来传播、利用弹力来传播等等。

小蚂蚁晒盐

小朋友们都知道，每个人除了吃饭，喝水之外，可离不开盐呢。

盐是从哪儿来的？是从海水里晒出来的。

有这么一群小蚂蚁，他们也想吃盐，可大海离他们太远，一辈子也跑不到那儿呀。他们到哪儿去弄盐呢？

一只老蚂蚁想了个办法，他对大伙儿说："走，找一个叫阿宝的小朋友去，他一哭，就有眼泪淌下来。眼泪是咸的，我们把他的眼泪晒干，就能得到盐了！"说完，他们就抬着一只极小的小盆，去找阿宝。

阿宝正为一件小事儿在哭呢，小蚂蚁们齐声喊："加油！加油！阿宝加油哭呀！"

阿宝吓了一跳，原来是蚂蚁在说话

"你们干嘛让我哭呀？"阿宝问。

老蚂蚁大声说："因为你的眼泪是咸的！趁着今天天气好，我们想晒点盐。"

"真的？"阿宝用舌头舔了舔挂在脸上的泪珠，哟！真是咸的！

"给我们哭一会儿吧！我们要晒盐呢！"蚂蚁们齐声央求阿宝。

阿宝挺想给蚂蚁们哭一会儿，可是现在却怎么也哭不出来了。他就到厨房去拿了一点点盐放在小盒子里，看着小蚂蚁们高高兴兴地抬着小盒子走了。

知识拓展

　　眼泪是一种弱酸性的透明的无色液体,其组成中绝大部分是水(98.2%),并含有少量无机盐、蛋白质、溶菌酶、免疫球蛋白 A、补体系统等其他物质。

松树公公请医生

松树公公年纪大了，常常感到身体不舒服。秋天来了，天气渐渐凉了，松树公公忽然感到身上痒痒的，他低头一看：呀，腿上、胳膊上爬着许多松毛虫。松树公公急忙喊起来："啄木鸟医生，快来呀！"

啄木鸟来了，摇摇头说："松毛虫我可治不了。"

"哎呀，那该怎么办呢？"松树公公可急坏了。

"别急，我找布谷鸟去，他们有办法！"啄木鸟说完就飞走了。

"布谷！布谷！"一群布谷鸟飞来了，他们一会儿就吃掉许多松毛虫。松树公公觉得舒服多了。

过了两天，布谷鸟要飞到南方去了。松树公公焦急地问："你们为什么要走啊？你们这么一走，要是松毛虫再来咬我可怎么办？你们什么时候回来啊？"

布谷鸟说："我们布谷鸟到了秋天，都要飞到南方去过冬了。等我们走了，就把白脸山雀请来，为你治病。他的本领可比我们还要大哩。"

白脸山雀笑嘻嘻地飞来了，他对松树公公说："你放心，我们不怕冷，能在这里过冬，还能在冬天消灭躲进树皮里的坏蛋——树毛虫呢。"

松树公公一听,高兴极了,说:"这下我准能长命百岁啦。"

知识拓展

　　植物和动物是互相依存的,植物给动物提供食物和氧气,动物帮助植物播种、治病,二者是互不可少的。

猴小弟摘红枣

猴小弟以为自己什么都知道。一天,他想吃枣子,就到枣园里去摘红枣。

猴妈妈拦住他问:"你上哪儿去?"

猴小弟说:"到枣园去摘枣子吃。"

猴妈妈说:"枣子是什么样儿,你知道不?"

猴小弟说:"枣子还不认识? 红的果,绿的叶,谁不知道?"

猴妈妈说:"枣树可高啦,你会爬树吗? 再说,现在枣子还没成熟,采得太早了,不好吃呀!"

猴小弟想:妈妈真唠叨。爬树有什么难的,树高怕什么。枣子没有成熟,不一样能吃吗? 他不听妈妈的话,悄悄溜出去,找红枣去了。

猴小弟来到菜园里,一眼就找着了。"红枣"像小灯笼似的,挂在矮矮的小树上。猴小弟想,红枣哪像妈妈说的在大树上? 嗨,手一伸就采到啦。

猴小弟看着小"红枣",越看越馋,口水直流,就随手摘了一颗尝尝。

"唉! ……呸! 呸! 辣死了!"原来猴小弟尝的不是红枣,而是红辣椒。他呀，被辣得眼泪鼻涕都淌下来啦。

知识拓展

辣椒内含有一种叫做辣椒碱的物质，它对人的味觉器官能形成强烈的刺激，并且能刺激胃液分泌，所以我们在吃辣椒时饭量特别大。

借尾巴

谁都知道，兔子的尾巴只有一点儿长。一只小白兔，常为尾巴短而发愁，他就决定去向别的动物们借尾巴。

小白兔一出门，就碰上大花猫。大花猫一听小白兔要借尾巴，连声说："不借，不借，我在墙头走，让尾巴竖着，才能使身体平稳，摔不下去。我的尾巴可有用呐！"

小白兔向啄木鸟借尾巴。

"不借，不借，"啄木鸟说，"我给树治病，得用这尾巴撑住身子，好像坐在椅子上，这样才不累，尾巴怎能借给你？"

小白兔又向松鼠借尾巴。

松鼠说："我在树丛里跳来跳去，张开这蓬松松的尾巴，好像带着降落伞，行动才安全，怎能借给你？"

小白兔又向老黄牛借尾巴。

老黄牛说："我要用尾巴当鞭子，赶跑讨厌的牛蝇呀！"

负鼠妈妈带领几个娃娃，在树枝上玩着。小白兔向她借尾巴。负鼠妈妈说："你看，我的孩子挂在我的尾巴上，像荡秋千似的，他们玩得多快活，我怎能把尾巴借给你呢！"

小白兔借不到尾巴，正在伤心，一只小壁虎爬过来，顶大方地说：

"我给你个尾巴吧,好在我丢了尾巴还能再长出来。"

小白兔看看小壁虎那一点儿细的尾巴说:"太小啦,我不要啦!"

知识拓展

对于大多数动物来说,尾巴必不可少。一旦它们失去了尾巴,就会给它们带来许多麻烦和灾难。

鳄鱼吞石头

晚上,猫头鹰在河边飞过时,看到一条大鳄鱼吞了几块石头。他顿时呆住了。天亮时,他把这事告诉驼鸟和小猴、大象他们。

驼鸟听了,想了想,说:"我们的家族中,譬如鸡,有时也要吃些小石子什么的。"

小猴说:"这我知道,鸡啦,鸭啦,因为没有牙齿,食物吞到胃里不容易消化,就吃些石子,在胃里磨碎食物,帮助消化。可是鳄鱼的牙齿那么厉害,为什么也要吞石头呢?"

大象站在一旁听着,最后才开口:"这事情不奇怪。鳄鱼在大河中生活,有时要潜水,有时要受到风浪的冲击,吃些石块行动就方便多了。"

小猴说:"你越说,我越糊涂啦。"

大象说:"给你打个比方吧,大轮船在海上航行,要在船舱底层装些重的货物,这样船在风浪中才能行驶平稳;潜水员,穿的潜水服也要有相当重量,这样潜下去才顺当。鳄鱼吃石头也是这个道理呀。"

这一说,大家都说:"啊,原来是这么一回事!"

获益一生的知识故事

知识拓展

　　鳄鱼吞石后,腹中的石块起着与轮船内的压舱物一样的作用,有了它,鳄鱼才能在水下稳妥地行动,不致被激流水浪冲跑。同时,对鳄鱼潜水也有很大帮助,使它能够在水下行动自如。鳄鱼游泳时,浮得较低,只有鼻孔和眼睛露出水面它们吞下石头,存入胃里,使自己能够在水里保持身体竖直,如果没有这些石头,它们可能会翻个底朝天。

不愿分离的朋友

芳芳有个不愿与她分离的好朋友。谁？她的影子。你看，芳芳在太阳下走，影子跟着她，样子像她，只不过比较暗些。

芳芳沿着墙壁走，影子也沿着墙壁走。直到太阳被乌云遮没时，影子才消失。

芳芳走呀走呀，影子跟呀跟，中午，乌云跑走了，太阳又露出脸来，影子回来了，可是它变小了。

芳芳继续走着走着，到了下午，影子慢慢地大起来。到了傍晚，影子的手臂、身体、腿和衣服，伸得很长很长，变得更大了，直到太阳不见了，影子才消失。

路灯亮啦，芳芳在前后两盏灯之间行走的时候，影子带着一个朋友回来了。芳芳在路灯下走着，两个影子轮流着，一个变大，一个缩小。

芳芳到了屋子里，坐在地毯上画画儿，影子也画画儿。影子手里的铅笔，跟着芳芳手里的铅笔一起挥动着。

芳芳拿着手电筒，从身体下面朝上面照着，影子就登上天花板。她把手电筒移到身旁，影子就下来了。

芳芳玩了一会儿手电筒，跳起舞来，影子也跟着她跳起舞来。

33

获益一生的知识故事

芳芳玩得累了,爬上床,影子也上了床。她对影子说:"喂,朋友,祝你晚安,明天早晨太阳升起来后,你再和我一块儿玩吧!我们是不愿分离的好朋友啊。"

知识拓展

当光透不过不透明的物体时,物体的遮挡处——即光穿透不了的地方将比他周围的地方暗,所以形成了影子。

渴不死的仙人掌

窗口有一棵牵牛花挂着,窗台上还有一盆仙人掌。牵牛花问仙人掌:"喂,你是什么?"

仙人掌说:"我是植物,叫仙人掌。"

牵牛花问:"植物?你怎么没有叶子?"

"有啊",仙人掌指着自己身上的一根根刺说:"看,这就是我的叶子。"

牵牛花哈哈大笑:"这也叫叶子?哈哈,我从没见过这样的叶子。"

仙人掌听了,什么话也没说。

过了些日子,天上好久不下雨,也没人给牵牛花浇水。半个月后,牵牛花的叶子蔫了,一片片耷拉下来。

仙人掌却好像没事儿似的,照样碧绿挺直。

牵牛花看了一眼仙人掌,有气无力地问:"你怎么不怕渴啊。我可快干死啦。"

仙人掌说:"我的老家在热带的沙漠里,为了不失去身上的水份,我们就把叶子变成细刺了,上面还长了一层保护身体里水份的蜡呢。"

"原来是这样啊,你的叶子还真管用呐。"

牵牛花赞美道，"你真是个渴不死的仙人掌啊！"

知识拓展

仙人掌形态结构与生理上的特性，使仙人掌类植物具有惊人的抗旱能力。

小燕子出发了

在中国北方的一个农村里，在一户农民家的屋梁上，住着燕子妈妈和她的一群儿女。

当天气渐渐变冷时，燕子妈妈对儿女们说："孩子们，北方的冬季就要到了，我们飞回南方去吧！"小燕子们顽皮地说："妈妈，我们不回南方去，我们要像麻雀那样在北方过冬。"燕子妈妈说："孩子们，咱们燕子家族是属于候鸟中的夏候鸟，经不起严寒，必须随着季节的变更而迁飞。而麻雀是留鸟，在北方定居，我们和麻雀不一样呀。"小燕子们纷纷央求着："妈妈，我们不怕，我们要看看北方的暴风雪究竟是什么样的，让我们留在北方过冬吧！"

燕子妈妈叹了口气说："你们如果留在北方过冬，即使不被冻死，也会饿死的。"小燕子们奇怪地问："为什么？"燕子妈妈说："你们没听人们说过这样的谚语吗，'鸽子不吃喘气儿的，燕子不吃落地儿的'数九寒冬，你们到哪里去捕捉苍蝇、蚊子呢？"

听妈妈讲了这一番道理，小燕子们一个个抖动翅膀，跟着妈妈出发，到南方过冬去了。

知识拓展

　　引起很多鸟类迁徙的原因很复杂,人们一般认为这是鸟类的一种本能,这种本能不仅有遗传和生理方面的因素,也是对外界生活条件长期适应的结果,与气候、食物等生活条件的变化有着密切的关系。候鸟对于气候的变化感觉很灵敏,只要气候一发生变化,它们就纷纷开始迁飞。这样,可以避免北方冬季的严寒,以及南方夏季的酷暑。气候的变化,还直接影响到鸟类的食物条件。

义务气象员

每个人都关心天气情况，一般说，只要看电视，听广播，就能知道第二天的天气了。可有些人，从动物身上，也能知道天气变化哩。

有个孩子叫佳佳。佳佳家养了只大花猫，这大花猫对佳佳可亲热呢。每天佳佳去上学，它总要跟在后面"喵呜喵呜"地叫，好像说："再见，再见。"佳佳放学回家，大花猫第一个跑出来迎接她，"喵呜，喵呜！"好像说："你好，你好！"

有一天，佳佳早晨到学校去，临走时，她发现大花猫不理她，只顾伸出舌头舔自己身上的毛。

这时候，妈妈走来说："佳佳，你今天上学要带伞，猫儿已经发出下雨的预报了！"

佳佳看看满天的朝霞，奇怪地问："天气这么好，猫儿怎会知道下雨呢？"

妈妈笑着说："因为下雨之前，空气潮湿，我们人还没感觉到，猫儿却感觉到了，有时它们便用打喷嚏和舔毛来预报天气。"

果然，在佳佳上学的路上，就哗哗地下起大雨来了。她幸亏带了雨伞，才没挨淋。

瞧，这大花猫预报天气还真准呢。干脆，佳佳就称大花猫为"义务气象员"。

知识拓展

我国民间还有很多关于动物与天气的关系的言语呢。比如：喜鹊枝头叫，出门晴天报；蚊子咬得怪，天气要变坏；河里浮青苔，必有大雨来；蚯蚓路上爬，雨水乱如麻；蝼蛄唱歌，天气晴和；长虫过道，下雨之兆；蛤蟆哇哇叫，大雨就要到等等。

小松鼠和雪兔阿姨

一年冬天,有只小松鼠在树林里迷了路,多亏雪兔阿姨把他送回家。松鼠妈妈和小松鼠很感谢她,望着雪兔阿姨直到她的白大衣和雪地融成一片了,还在望着。

春天来了,冰雪化了,小松鼠采了一束野花,去看望雪兔阿姨。

小松鼠敲敲门,来开门的是一位穿灰衣服的兔阿姨。

小松鼠说:"对不起,搞错了! 我是找雪兔阿姨的。"

这位兔阿姨说:"我就是雪兔阿姨呀!"

小松鼠说:"我记得冬天您穿的是白衣服啊!"雪兔阿姨说:"我冬天穿白衣服,和雪地上的雪一个颜色,狐狸和狼不容易发现我。现在穿灰衣,站在树荫下,敌人还是不容易发现我!"说着,雪兔阿姨往树荫下一站,她身上的灰衣服和树影颜色差不多,真的不容易看出来。

秋天到了,小松鼠又去看望雪兔阿姨。他走到树林边的土坡上,看见一位穿着棕褐色衣服的兔阿姨迎面走来,小松鼠大胆地喊了声:"雪兔阿姨!"这回他果然没认错,雪阿姨笑着问:"傻孩子,你这次怎么能认出我来啦?"

小松鼠眨了眨眼睛说:"因为我知道,你总爱换衣服。你在夏天和秋天爱穿棕褐色衣服——这跟土地的颜色差不多,狐狸他们就不容易发现你啦！"

知识拓展

　　雪兔为了适应冬季严寒的雪地生活环境，冬天毛色变白，直到毛的根部；耳尖和眼圈黑褐色；前后脚掌淡黄色；夏天毛色变深，多呈赤褐色。雪兔冬季毛色变白，主要由于换毛所致。换毛受光照的影响：光照减少，开始换毛，毛色变白；每天的光照时间增加，也开始换毛，由白色换成棕色的夏毛。换毛的顺序是由体侧、大腿和肩部开始，向上朝着脊背部的方向换，最后头部换毛；先换针毛，后换绒毛。如果你春天或秋天来动物园，就可看到这一过程。雪兔毛长而绒厚，足底毛长呈刷状，便于在雪地上行走防滑。

获益一生的知识故事

忙过冬

树林里,原来很热闹,鸟儿叫,青蛙跳,可现在却变得静悄悄。

一只小白兔冒着冷嗖嗖的风儿,出去找吃的。他发觉周围没一点儿声音,就问树上的喜鹊:"你好! 燕子、杜鹃、黄鹂他们都到哪儿去了?"

喜鹊说:"天冷了,他们到南方过冬去了,明年春天会回来的。"

小白兔又问:"你呢? 也去吗?"

喜鹊说:"我不去。我把窝垫得暖暖和和的,就在这儿过冬。"

青蛙听见了,从池塘里跳上岸,说:"小白兔,我正想找你,跟你告别呢。"小白兔问:"怎么? 你也要到南方去?"

青蛙说:"不,不,我要睡觉去。"小白兔奇怪地问:"你怎么啦? 太阳才升起来,你又要去睡?"青蛙说:"我要冬眠了。整个冬天,我们青蛙都睡在洞里,不吃不动,到明年春天再出来。"青蛙一边说,一边用脚刨土,一会儿刨好了一个洞。青蛙对小白兔说:"你看,冬天我在这个洞里睡觉,既不怕风,也不怕雪,暖暖和和的,真舒服。"小白兔走过去一看,真的,洞挖得多好啊!

小白兔想:大家忙过冬,我也该准备过冬的粮食了。

知识拓展

　　许多动物都用冬眠的方法过冬，它们在秋天的时候就吃饱喝足，把身体养得胖胖的，冬天一到就钻进洞穴或土里睡觉，一直睡到春天来临。动物冬眠的方式是各种各样的，小刺猬蜷着睡，蝙蝠倒挂着睡，蛇喜欢集体冬眠。还有青蛙、乌龟、蜗牛、熊都需要冬眠。

卫生员的小·故事

　　有个小朋友，名字叫玲玲，她是班里的卫生员，她不光查卫生，还保管着一只小药箱哩。她热心为同学们服务，受到大家表扬。不过，她也做错过一件事，直到今天还后悔呢。

　　那一天，学校开运动会，有个叫阿兴的小朋友，跑得可快呢。不料，快到终点时，他跌了一跤，腿上擦破一块皮，还在流血呢。

　　玲玲看到了，连忙赶上去，打开保健箱，说："不要紧，我给你涂点红药水，几天就会好的。"

　　过了一会，玲玲见阿兴仍是愁眉苦脸的，又拿出一瓶碘酒说："来，这碘酒的杀菌力比红药水强，再涂点！"

　　就这样，玲玲又给阿兴涂了一些碘酒。

　　运动会结束了，阿兴回到家里，感到全身不舒服，还说心里很难受。他妈妈赶忙把他送到医院。医生检查了一下，又问了事情的经过，说："唉，你中毒啦。不过，你是轻度中毒，过一会儿就会好的。"

　　果然，过了没多久，阿兴就感到舒服些了。他一出医院，就去找玲玲，把医生的话告诉她。玲玲听了，惭愧地说："我懂了，要当好卫生员，光靠热心还不够，还要掌握知识才行啊！"你知道医生为什么说阿

45

兴中毒了吗？

知识拓展

红药水又叫红汞，主要成分是汞，碘酒的主要成分是碘，把碘溶化在酒精里就成了碘酒。汞遇到了碘，会变成剧毒的碘化汞，碘化汞随血液进入人身内能引起中毒。

林林洗手

林林这孩子,有个坏习惯:他嘴馋。从学校一回家,头一件事便是开厨门,翻冰箱,找好吃的。一天他看到门背后有个小铁桶,他以为铁桶里藏着糖呀,糕呀什么的,就使劲打开盖子,将手伸进去捞。不料,只觉得手上凉丝丝的,缩出来一看,哎呀,五个手指上全染上了黄颜色。林林可不在乎,他对自个儿说:"这算得了什么,洗洗就得啦!"

林林到水龙头下洗了起来。奇怪,这黄颜色怎么洗不掉呢?他连擦几次肥皂都不管用!这下他心里发慌了,看着五个黄手指,多难看呀。他心里一急,就忍不住"呜呜"地哭起来。

正在屋里看书的爸爸听到哭声,连忙跑出来,一看林林的手指,惊奇地问:"你怎么满手油漆呀?"

林林一边哭,一边说:"我以为铁桶里有好吃的,手伸进去,就沾上了,这黄颜色,怎么也洗不掉!"

爸爸说:"你等着,我去拿汽油给你洗!"

爸爸从瓶子里倒出不少汽油,用棉纱蘸了,给林林擦呀,洗呀,哟,真灵,不一会,林林手上的油漆全洗掉了。

从此以后,林林就不再顽皮了、嘴馋了,很快变成了一个好孩子。他还懂得了,万一手上、身上沾了油漆,只要用汽油擦洗一下,就能洗

47

获益一生的知识故事

干净。

知识拓展

　　有机物易溶于有机溶剂,无机物易溶于无机溶剂,而油漆和汽油都是有机物,因而他们能相溶,这样沾在手上和衣服上的油漆就能被汽油溶解掉了。

热心的小蚯蚓

有粒种子，在泥土里睡了好久。他醒过来，觉得身上暖暖和和的，就把身子使劲向上挺了挺。他觉得有点儿口渴，就喝了口水，啊，真是舒服极啦！他一高兴，又把身子挺了挺。这时，他听到外面有一阵阵轻微的响声。他问睡在身旁的小蚯蚓："你听，外面是什么声音？"

蚯蚓说："那是春风，春风在招呼咱们到外边去呢。"

种子问："外边是什么样儿？也这么黑吗？"

"不，外边可好啦！亮亮堂堂的。春天到了，外边花儿开了，燕子也从南方飞来了，咱们到外边去吧！"蚯蚓一边说，一边往外挤。

种子也跟着蚯蚓往外挤，但他头上的土很硬，挤了几次，还是挤不动。蚯蚓说："我来帮你松一松土，你好钻出去。"

种子听了很高兴，又把身子挺一挺，在蚯蚓的帮助下，种子勇敢地冲出土层，钻了出来。

啊，外面的世界真好。春风在唱歌，泉水在奔跑，小鸟在飞舞。种子很感谢蚯蚓，可蚯蚓又钻到土里，去帮助别的种子啦。

知识拓展

　　蚯蚓以土壤中的动植物碎屑为食，经常在地下钻洞，把土壤翻得疏松，使水分和肥料易于进入而提高土壤的肥力，有利于植物的生长。

招聘清洁工

　　地球公公要招聘清洁工,大家都抢着报名。

　　海鸥第一个报名,他说:"我能把人们乘船时扔到海里的面包皮、剩菜、死鱼什么的吃掉。我做海面的清洁工最合适。"

　　鲫鱼说:"我最适合做河里的清洁工,我挺爱吃水虫、水草和垃圾。"

　　乌鸦说:"别看我样子丑,我能吞下地上的蝇蛆,地蚕呀什么的,担任地面上的清洁工最合格。"

　　秃鹫说:"我能吃掉草原上的腐尸烂肉,做草原上的清洁工最合适。"

　　蚯蚓羞羞答答地说:"我能吃掉地下的垃圾,再把它变成肥料,我适合做地下清洁工。"

　　榆树说:"我会吸掉空气中的灰尘和二氧化碳气体,呼出氧气,供人们呼吸。"

　　小个儿细菌说:"我会分解动物和植物的遗体,使它们溶化在土壤中,我要是停止了工作,大地上就会堆积起好多好多的尸体。"

　　地球公公听了,笑着说:"你们能做那么多清洁工作,有这么多不同的本领,太好了。我的身体这么大,不论是海面上、草原、陆地上、江河里……处处都需要清洁工，你们个个都合格，都当我的清洁工吧！"

知识拓展

完整的生态系统保证了地球上各种物资的平衡，也保证了地球的卫生与健康。

鸭子不怕冷

有个孩子叫华华。寒假里,他到乡下舅舅家玩。舅舅家后门口就是一条小河,河面上结着一层薄冰,河水里一群鸭子不畏严寒,快活地在水里嬉戏。

华华望着水面上的鸭子,心里好奇,赶快跑到舅舅面前问:"舅舅,难道这河水是暖和的吗?"

舅舅笑着说:"傻孩子,你没看河面结着薄冰吗?在水里要比在岸上还冷呢!"

华华问:"那为什么鸭子不怕冷,现在还在水里游泳啊?他们怎么不回到暖和的窝里呢?"

舅舅说:"鸭子的冬装是一身崭新的羽毛。他外面那层又粗又宽的硬毛,好比咱们身上穿的棉大衣,在硬毛上面有一层薄薄的油脂,能防止水浸透到里层羽毛中去,所以鸭子在大冷天也不觉得冷。"

这下华华明白了:原来,鸭子也穿着"羽绒滑雪衫"呢。

知识拓展

　　冬天,室外的空气温度,一般比湖里、池塘里的温度低,所以鸭子在水里并不比在陆地上呆着冷。加上鸭子在水中经常地游动,体内温度就会增加,也可以防寒。同时,鸭子因为有一层厚厚的羽毛包住全身,能防止热量的散失,所以鸭子就更不怕冷了。

奇怪的种子

一说到种子,小朋友们准以为是种在地下,能生根发芽。可你知道么,有些种子会浮在水面上呢。

一年秋天,在一个大池塘里,有一条小鲤鱼看见一个"小球"在水面上漂着。小鲤鱼用头去顶了一下,只听"哎哟"一声,那"小球"叫了起来:"谁在撞我呀?"

小鲤鱼连忙向他道歉:"我还以为你是个小球哩。"

"小球"说:"我不是小球,是睡莲的种子。"

小鲤鱼问:"真奇怪,种子都是藏在地下的,你怎么浮在水面上?"

种子得意地说:"你没见我身上穿着救生衣吗?"

小鲤鱼仔细一瞧,这种子身上果然穿着一件充满空气的救生衣,怪不得他不会沉下去。

日子过得真快,转眼就到了第二年夏天,那小鲤鱼长大了。一天,他看见水面上躺着一朵粉红色的花,就飞快地游了过去,问:"你怎么掉进水里了?"

"我的家就在这里。"那朵花说,"我的名字叫睡莲。"

"你就是那个穿救生衣的种子开出的花吧?"鲤鱼惊喜地问。

睡莲说:"是呀。"

鲤鱼又问:"你的种子不是在水上漂吗?怎么又跑到地底下去了?"

睡莲说:"我的种子在水面上漂了很久很久,救生衣里的空气跑掉了,种子就沉到了水底泥土里,到了春天,我就生长出来了。"

鲤鱼一听,张大嘴巴,吐出一口气说:"啊,原来是这么一回事!"

知识拓展

睡莲属睡莲科,睡莲属,又称子午莲。多年生水生草木。根状茎,短粗,直立在水底的泥内。叶心脏形如椭圆状,全边,基部具深弯缺,上面光亮,下面带红色或紫色,无毛,叶柄细长。花单生在花梗顶端,漂浮于水面。花白色,萼片四片,花瓣在八片以上,萼片带绿黑色,雄蕊较多,雌蕊的柱头数裂,呈放线状排列,柱头各裂片在基部的外侧,有一黄色小片,夏季开放亦浮在水面上。浆果珠形,为宿存萼片包裹;种子多数,椭圆形,有肉质,囊状假种皮。从东北到云南,西到新疆都有分布。根状茎食用或酿酒,又可入药,全草可作绿肥。

猴妈妈抓虱子

一天,小熊兴冲冲地到猴小弟家去玩。他一进院子,就看到猴妈妈抱着猴小弟,在他身上找来找去。有时找到一点儿什么,就放进自己嘴巴里。小熊一见,心里想:"哎呀,小猴身上有虱子,他妈妈在给他捉虱子呢。

小熊担心小猴身上的虱子会爬到自己身上,转身就走了。没料到,猴小弟已看到了小熊,他飞快地追出来,问:"哎,你怎么走啦?"

小熊不理他,只顾往家跑。小猴追了上去,说:"你为什么跑呀!"

小熊说:"你身上有虱子,我看到你妈在你身上抓虱子,还用牙齿咬呢。"

小猴一听,笑了:"我妈在我身上抓的不是虱子,是小盐粒。我妈妈身体需要盐分呀!"

小熊听了直摇头:"我不信。你身上怎会有盐呢?"小朋友们,你们知道为什么吗?

知识拓展

　　猴子身上的毛很多,流出来的汗不容易干。汗里的盐分就结成小盐粒,粘在身上很痒。所以猴子之间经常互相"抓虱子"。

蜗牛壳

菜地里有只蜗牛壳,却没有蜗牛的身体。蜗牛的身体哪儿去了?这里有段故事呢。

昨天夜里,一只蜗牛藏在一片大青菜叶子的背面,一边拼命地咬叶子,一边慢慢地爬着。这时,一只身上挂着小灯笼的萤火虫飞了过来。蜗牛吓了一跳,赶快把头缩进壳里。过了一会儿,又偷偷伸出头来观察,嘿!萤火虫只是在空中一亮一亮地飞着。这下,蜗牛胆子壮了,便笑起萤火虫来:"小小萤火虫,真是可怜虫,只会闪闪亮,实在没啥用。"

萤火虫冷笑一声,说:"哼!我是专门来收拾你们这些坏蛋的!"萤火虫飞到蜗牛头顶上,刚想把自己头上的一根尖利的口针刺进蜗牛的脖子,狡猾的蜗牛一下子把脖子缩进壳里去了。萤火虫等了一会,当蜗牛再一次探出身子时,萤火虫趁机在他身上刺了几下,不一会儿,蜗牛便直挺挺地躺在地上不动了。

原来,萤火虫给他打了一针麻药水。接着,萤火虫又把口针深深地刺进蜗牛身体里,把消化液注射进去。不久,蜗牛的身体就被消化成稀薄的汁,萤火虫伸出管状口器,美美地享受了一顿蜗牛肉,所以现在那蜗牛只剩下空壳啦。

59

获益一生的知识故事

知识拓展

　　萤火虫白天潜入石下或泥沙中，夜间才出来觅食，摄食时会分泌唾液把螺类、蜗牛或其他猎物麻痹，再分泌消化液把猎物肉质溶化，吸食肉汁维持生存。

铁大哥和铝小弟

在金属王国里,铁是大哥哥,铝呢,只能算小弟弟。可在金属评奖会上,大家都赞成给铝小弟评一等奖。铁大哥很不服气。他说:"铝除了能做锅、铲、盆、壶,还有什么本领?"白银姐姐说:"你不知道吗?跟我去看看吧!"

他们来到一个军事基地,看见坦克、军舰、战斗机……身上都穿上了铝制的外衣。

铁大哥说:"那有什么了不起?我也能做坦克、军舰的外衣。"

"可是你比铝小弟重多了,而且你还会生锈,哪比得上铝小弟!"白银姐姐直爽地说。

他们乘上铝制车皮的火车,白银姐姐指着车窗外一排排飞快向后退去的电线杆说:"瞧!那些像蛛网一样的铝制高压线,又细又轻,几乎代替了铜制高压线。"

铁大哥看到远处不少消防队员冲进一片火海,吓了一跳。白银姐姐说:"那是消防队的演习场,消防队员们穿着镀了一层铝的石棉衣,在 1000℃高温的烈火旁,也不会被烧伤。"

他们下了火车,来到一所医院,看见新生的小娃娃睡在镀铝的保温睡袋里,又暖和又舒服。这下,铁大哥心服口服了,他说:"真没想到,铝小弟有这么大的本领啊。"

知识拓展

　　铝自身有很多优点,比如:数量多,铝是地球上含量最多的金属;成本低;质量轻等等,所以,铝在人类生活中运用非常广泛。

谁的本领大

小朋友,你能说出大白马和小骆驼,谁的本领大?——说不出吧?我给你讲个故事。一天,草原上举行运动会。大白马和小骆驼都报名参加赛跑。大白马越跑越快,把小骆驼远远地甩在后面。大白马回过头看见小骆驼在那儿喘气,心想:别瞧小骆驼个子比我高,脖子比我长,可就是不行!它四个蹄子又大又扁,像四个大肉饼;我的蹄子又小巧又坚硬,跑起来还呱哒哒响,好像一阵风。再看他,浑身像裹着三床大被子,多累赘。哪像我,毛儿油光闪亮!

比赛结束,大白马得了第一名。这下,他更瞧不起小骆驼了。

过了几天,小骆驼邀请大白马到沙漠里去旅行,大白马高兴地答应了。他们走在沙漠里,步子虽然不快,可是一步一个脚印,走得稳稳当当。

走了没一会儿,太阳晒得沙漠上像火炉一样,大白马被烤得受不了啦,小骆驼却越走越有精神。

"骆驼弟弟,等等我!"大白马气急地喊。

小骆驼回过头说:"你穿的靴子不适合走沙漠,一踩一个坑,太费劲。你就踩着我的脚印走吧!"

"我渴极了!"大白马舔着干裂的嘴唇说。

小骆驼伸长脖子四下一闻,高兴地说:"别急,绕过两个沙包就有水啦!"

果然,大白马踩着小骆驼的脚印,走起来不费劲了。走过沙包,出现一池清清的泉水。大白马伸着脖子喝了个够,感激地说:"骆驼弟弟,你真有本事。要不我连命也保不住啦!"

小骆驼谦虚地说:"不!在沙漠上我比你有本事,在草原上我就不如你啦!"

大白马听了,点点头说:"我们各有各的本领啊!"

知识拓展

骆驼善于走沙漠,因为它有两对奇特的脚掌,掌下生着宽厚的像弹簧一样的肉垫,走路时脚趾在前方叉开,这样,在沙面上走路不会陷到沙窝里去。它在旅行中,将头抬得高高的,眼睛不会被地面上阳光反射的高热所灼伤。骆驼的长睫毛的眼睛,自动开闭的鼻孔,长满密毛的耳朵,都能使它免遭风沙的袭击⋯⋯因此,骆驼被人们称为"沙漠之舟"。

会害羞的草

有些小朋友会害羞，而大自然中有种草，似乎也懂得害羞呢。这草的名儿就叫含羞草。玲玲的爷爷就种了一棵含羞草。

玲玲觉得，这草太奇妙了，只要用手指尖轻轻碰它一下，它好像"害臊"了，马上把它的两个叶片合拢起来，连那直立着的叶柄也跟着弯下了腰。过了十几分钟，它又慢慢地恢复成原来的样子。

一天，玲玲刚要跟含羞草开个玩笑。不知为什么，今天含羞草却早垂下头，弯下腰，显得特别不高兴。

玲玲觉得奇怪：我今儿又没碰它，它怎么会变得这样呢？

正巧，爷爷提着一桶水走来了。玲玲去问爷爷，爷爷放下桶，走到含羞草前，左看看，右瞧瞧，说："这是天气发生变化的缘故呀！"

玲玲问："天气发生变化，跟含羞草有啥关系？"

爷爷笑着说："关系可大啦！下雨前，空气湿度大，含羞草对湿度的反应特别灵敏；加上一些小昆虫在湿度大的空气里，飞舞能力减弱，只能贴近地面低飞，容易碰到含羞草的叶子，这就难怪它'害羞'了！"

玲玲听了爷爷的话，仔细一看，可不是吗，一些小昆虫正在含羞草的枝叶上爬动呢。爷爷接着说："两天内，都是阴雨天。"

玲玲听了,高兴地说:"啊,含羞草不光好玩,还能预报天气哩。"

知识拓展

含羞草的这种叶片闭合和叶柄下垂的现象,并不是"害羞",而是植物受刺激和震动后的一种反应。这种反应在生物学上称为感性运动,是含羞草受到外界刺激后,细胞紧张改变的结果。

获益一生的知识故事

可爱的黑云

蓝天上挂了朵朵白云,很是美丽。天上若是布满黑云,大伙儿都感到害怕。许多小朋友往往都喜欢白云,而不喜欢黑云。其实,黑云有时比白云好哩。

有一天,天空有一朵黑云和一朵白云,正巧碰到一块儿,他们顺着微风飘呀飘呀,黑云看看地面上的景色,对身边的白云说:"我们该帮地上的人们做点好事呀!"

白云听了,不高兴地说:"做什么好事? 我玩都来不及,还做什么好事呀!"

黑云还想说什么,忽然发现下面大地上绿油油的庄稼和树木都干旱得变黄了,忙对白云说:"咱快变成雨水吧,要不下面的庄稼会干死的。"

白云看了看下面干枯的庄稼,冷冷地说:"我才不愿意去牺牲自己呢,让它们干死好了,关我什么事? 我还要去玩呢。"说完,随风飘着,到别处游玩去了。

黑云变成了雨滴,洒到干裂的土地上,土地滋润了;洒到枯黄的庄稼上,庄稼变绿了。树木枝叶茂盛,大地上的一切变得格外美丽了。

"这雨下得真及时!""多亏了这场雨呀!"变成雨水的黑云,听着人们的赞扬声，心里感到说不出的高兴。而那朵贪玩的白云，他永远也听不到人们的夸奖声。

知识拓展

云彩的颜色越深，其含雨量越高，所以，当干旱来临时，黑云比白云更受人们欢迎。

会传话的墙

世界上有没有会传话的墙？有，这可不是神话，也不是童话，而是千真万确的事实。这堵墙在哪儿？在北京的天坛公园里。那儿有一座圆圆的灰色砖墙，它一直显示着神奇的本领。到这儿游玩的人都喜欢站在墙下，对着墙讲几句话，墙便帮他把话传到另一头。

这天，有个叫陈光的小朋友站在墙西，叫马玉的小朋友站在墙东，他们互相讲着。

陈光喊："喂！马玉，你好呀！"

话音刚落，立刻传来马玉的回音："陈光，你的声音跑到我的耳边啦！"

他们像在打电话，快活得舍不得走开，觉得奇怪极了。正巧有位老爷爷走来，他们连忙上前问道："老爷爷，这神奇的墙为什么不用电线，没有话筒却能把声音传送过去？"

老爷爷指着墙说："因为它用砖砌成弧形，声音除了被空气传送外，还像接力棒一样被一块块砖送到你的耳朵里。所以这堵墙壁叫回音壁。"

小朋友，你想亲眼看看这会传话的墙吗？你想亲耳听听这堵墙传来的说话的声音吗？等你有了机会，就到北京天坛公园去看看，去听听吧。

知识拓展

　　回音壁就是皇穹宇的外墙，围墙建造的磨砖对缝，十分的平滑，是很好的声音载体，可以传声，在传递途中对声音损失极小，只要对着墙说话，就算相隔四五十米，见不到面，都可以清晰的听到对方说话。

黄鼬的武器

黄鼬是一种小动物。这小动物没有山羊那样的尖角,也没有老虎那样锋利的爪子,更没有大灰狼那样的牙齿,就连小刺猬身上的尖刺儿也没一根,所以他遇到敌人的时候,没一点儿办法。就拿今天来说吧,他独个儿在山坡上玩耍时,遇到了一只大灰狼,差一点被狼叼了去。

小黄鼬逃回家,哭着对妈妈说:"你什么武器也没给我,叫我怎么对付敌人呀!"

妈妈说:"我真的没给你什么吗? 你仔细想想看!"

小黄鼬说:"没有没有,你什么也没给我。"

妈妈说:"我给你的臭屁,不也是武器吗?"

"臭屁也能当武器?"小黄鼬觉得很奇怪。

"当然能! 就看你会不会用。"黄鼬妈妈笑着说。

小黄鼬说:"我不信,臭屁怎能抵挡敌人?"

黄鼬妈妈说:"你要是不相信,可以试一试嘛!"

第二天早晨,小黄鼬外出,遇到一条猎狗,小黄鼬掉头就跑。他边跑边想:妈妈曾讲过臭屁也是武器,我不妨试一试。等猎狗快要追到他的时候,他连放了五个臭屁。

获益一生的知识故事

　　黄鼬的屁，臭极了。猎狗闻了这臭味，头发晕，直想打喷嚏、呕吐，连忙用前腿去掩鼻孔，小黄鼬乘机逃脱了。

　　你看，小黄鼬的武器多厉害呀！

知识拓展

　　黄鼬还有一个不太雅的外号，叫臭鼬。黄鼬如果遭到掠食者的追击，在掠食者快追上它时，便放出臭气。这种臭气，轻则令掠食者止步，重则导致掠食者窒息。黄鼬的臭气，不仅是防身的工具，而且还是捕猎的武器。

颜色的作用

小朋友们也许发现，不同的地方，往往会有不同的颜色：墙壁是白色的，家具是奶黄色的，地毯是绿色的，窗帘是蓝色的……各人喜欢的颜色不同。关于使用什么颜色，这里的学问大着呢。

美国有一家酒馆，老板为使来喝酒的人都感到干净舒适，就把店堂的墙壁刷成淡绿色的，跟房间的颜色差不多。这样，来喝酒的人，觉得环境幽雅，喝了酒，觉得身子热了，而店堂里却显得很凉爽，都想多坐一会儿。这样一来又有麻烦啦，前客不走，占着桌椅，后来的顾客没座位，就走啦，这样，生意就减少了。老板想了一番，就重新粉刷墙壁，把店堂刷成桔黄色的。这样可有道理呢。这桔黄色能使人胃口好，想吃东西，店里的酒和菜多卖了不少。但这桔黄色，使人有热的感觉。吃饱喝足的人，看到这种颜色，心里觉得闷热，不想多坐，就很快离开了。这样，空出来的桌椅，就可以招待新来的客人，生意就更好了。

你看，颜色的作用多大呀！

知识拓展

红色表示快乐、热情，它使人情绪热烈、饱满，激发爱的情

获益一生的知识故事

感。黄色表示快乐、明亮,使人兴高彩烈,充满喜悦之情。绿色表示和平,使人的心里有安定、恬静、温和之感。蓝色给人以安静、凉爽、舒适之感,使人心胸开朗。灰色使人感到郁闷、空虚。黑色使人感到庄严、沮丧和悲哀。白色使人有素雅、纯洁、轻快之感。各种颜色都会给人的情绪带来一定的影响,使人的心理活动发生变化。

"不锈钢"的故事

现在,谁都知道不锈钢这个词儿。可你知道不锈钢这词儿的来历吗? 这里有个故事呢。

早在第一次世界大战时,双方打仗的武器很落后,不管是机枪,还是步枪,开了几枪,枪筒子就发热、变形,射出去的子弹很难击中目标。

英国有位科学家,名叫亨利·布里尔利,他一直在研究,在钢铁中加些什么成分,才能使钢铁变得更坚固、更耐磨一些呢? 他一次又一次地做试验,但都失败了。他把试验后的废钢铁扔在废铁堆里,日子久了,废钢铁堆成小山似的,风吹雨淋,废钢铁都生锈了,他就请人来清理这堆废钢铁。

在清理中,他发现了一个奇迹:其中有一块废钢,没有生锈。亨利得到这块废钢,如获至宝,连忙拿回去化验,看看里面掺进去的是什么金属。

后来,他终于查明,这块钢里掺进了一种硬度很强的金属,它叫做"铬"。后来,他做了几次试验,果然得到了一种比较耐磨的合金钢。给这种钢起个什么名儿呢? 它不会生锈,就叫它"不锈钢"吧!"不锈钢"的名字就这样叫开了。

获益一生的知识故事

知识拓展

　　不锈钢在一定的条件下也会生锈。不锈钢具有抵抗大气氧化的能力——即不锈性,同时也具有在含酸、碱、盐的介质中耐腐蚀的能力——即耐蚀性。但其抗腐蚀能力的大小是随其钢质本身化学组成、加互状态、使用条件及环境介质类型而改变的。如304钢管,在干燥清洁的大气中,有绝对优良的抗锈蚀能力,但将它移到海滨地区,在含有大量盐份的海雾中,很快就会生锈了;而316钢管则表现良好。因此,不是任何一种不锈钢,在任何环境下都能耐腐蚀,不生锈的。

获益一生的知识故事

大象伯伯生气了

　　森林里有头大象,脾气可好了,他从不生气,可今天,他生气了。为什么? 是小猴惹的呀。

　　小猴自以为自己像人一样,有两个爪子,什么事都能干。他不明白大象靠什么干活儿。他想看个明白,就悄悄跟在大象后面。他看到大象伯伯到了草地里,把长长的鼻子往地上一卷,拔起了一大把青草,"啪啪"在前腿上摔打了几下,把草根上的泥土打掉之后,放进嘴里嚼了起来。吃了几口草,他又走到一棵大树下,把长长的鼻子往上一翘,摘了些树叶放到嘴里吃起来。

　　大象吃饱了,又慢慢往前走,长长的鼻子在前面一甩一甩的,大象甩着鼻子走路,可不是为了好玩,他是用长鼻子探路呢!

　　走着走着,他拐了个大弯。嗳! 大象为什么要拐弯走呢? 原来前面要碰到一个大坑了,这是他的长鼻子发现的。拐了个弯,大象走到了河边,把长鼻子伸到河里,吸了一鼻子水,再卷起鼻子,把水送到嘴里,"咕嘟咕嘟"喝了个够。忽然,大象把长鼻子往地上一甩,只听"啪"的一声,原来一只大蚊子,叮了他一口,大象的鼻子好像苍蝇拍子一样,一下子把蚊子打死了。

　　小猴看到这儿,想试试大象伯伯敢拿他怎么样,就拣了块小石头,砸在大象伯伯头上。

　　大象追着小猴，小猴"哧溜"一下爬上了树。大象伯伯可气坏了，他跑到河边，吸了满满一鼻子水，对准小猴，"哗"的一下把水喷了出去，小猴吓得一溜烟跑了。

知识拓展

　　大象的鼻子不仅是呼吸器官和嗅觉器官，它还有触觉功能，还可用来摄取食物、饮水、搬运物品和进行攻击，甚至还用来在个体间交流感情、传送信息呢！经过训练的象，还能用鼻子握住口琴吹起曲子来。毫不夸张地说，大象的鼻子无愧于它本身的万能工具，具有多种功能。

获益一生的知识故事

雷公公的化肥厂

小朋友们都知道，要使庄稼长得好，肥料不可少。要是没有肥料，稻呀、麦呀，就长不好。你看，那一大片稻田里的水稻妹妹，一个个面黄肌瘦，没有一点精神。为什么，因为她们营养太差，没吸足肥料。

她们正饿得直不起腰来，忽然水稻姐姐说："妹妹别急，雷公公会给我们送肥来的。"

水稻妹妹奇怪地问："雷公公哪来的化肥？"

水稻姐姐说："雷公公开着化工厂呢。你看，他不是送化肥来了吗？"

水稻妹妹抬起头来，只见天空中乌云翻滚，不一会儿，耀眼的电光一闪一闪，接着，响起了"轰隆轰隆"的吼叫声。

水稻姐姐喊道："你别看不起一次闪电，它有几万度的高温，可以把空气里的氮气和氧气化合，造出一两千公斤的氮肥来呢？"

水稻妹妹听了，噘起嘴说："雷公公造了那么多化肥，可都在天上，我们又得不到？"

水稻姐姐说："别急，雨伯伯会帮忙的，氮肥马上就送来啦！"

果然，一阵阵雨水带着氮肥落到地上来了。水稻妹妹大口大口吸着雨水带来的养分，很快就有精神了。

知识拓展

　　在雷电瞬间的高温高压下，可以使空气中的氮氧或氮氢化合，可以说是天然的化肥制造。

小猴量体温

森林里有所动物医院。一天,好多动物来作健康检查。鹿大夫忙不开,对小猴说:"你帮着量量体温吧!"

小猴说:"体温37℃正常,这个我懂!"

鹿大夫说:"不要骄傲,量体温有很多学问呢!"

小猴拿起卡片就喊:"鲫鱼,鲫鱼,来量体温罗!"

鲫鱼的体温只有12℃。小猴叫道:"体温这么低!你病啦!"

鲫鱼说:"我刚从湖里来,湖水太凉。"

小猴叫鲫鱼去洗个温水澡,暖暖身子再量。

第二次体温是25℃,小猴问鲫鱼:"你的体温怎么一会儿低,一会高?"鲫鱼笑着说:"我的体温是随着水温变化的,水热体温就高,水凉体温就低。"小猴在鲫鱼的健康卡上,填上:"体温正常"四个字。

小猴给梅花鹿量体温。一看体温表:呀,38℃。

小猴给黄牛量体温,一看体温表:39.8℃。

小猴给灰猪量体温,一看体温表:40℃。

小猴给燕子量体温,一看体温表:46℃。

小猴在他们的健康卡上都写着"高烧"两个字。

鹿大夫一看健康卡,对小猴说:"你只知道人的正常体温是37℃,

不知道动物的正常体温和人不一样,因为住的地方不同,会变化的。其实,他们的体温都是很正常啊。"小猴"啊"了一声,摸摸后脑勺说:"这下我真的懂啦。"

知识拓展

动物的体温有很大的差异,大象的体温最低,是35.5℃;小鸟的体温最高,可达46℃。体温在35℃到38.5℃之间的,有人类、猴子、骡、驴、马、老鼠、大象。在37.5℃到39.5℃之间的,有牛、羊、狗、猫、兔子、猪。在40℃到41℃之间的,有龟、鹅、鸭、猫头鹰、鹈鹕、秃鹰。在41.5℃到43℃之间的,有鸽子、鸡和常见小鸟。

小·灰兔拜年

新年到了,小灰兔踏着厚厚的白雪,去给几个好朋友拜年。

小灰兔先到黑熊家:"开开门,黑熊大哥,我来拜年啦!"

半天没有答应。

小灰兔往窗户缝里一瞧,屋里黑乎乎的。黑熊大哥正"呼噜!呼噜!"地打着鼾,一动不动。没有法子,小灰兔只好到别处去。

小灰兔来到刺猬家:"开开门,小刺猬,我来拜年啦!"

半天没有答应。

小灰兔探头一看,屋里黑洞洞的。小刺猬缩成一团,像个刺儿球,一动也不动。没有法子,小灰兔只好到别处去。

小灰兔来到蝙蝠家:"开开门,小蝙蝠,我来拜年啦!"

半天没有答应。

小灰兔往窗里一瞧,屋子里只有一点点微弱的光线,小蝙蝠两脚紧紧攀着树枝,倒挂在那儿,一动也不动。没有法子,小灰兔又到了小河边小乌龟家,只见小乌龟的头、脚、尾巴都缩在乌龟壳里,一动也不动。小灰兔心里很纳闷:他们是不是都闹病了? 就转身去找啄木鸟医生。

啄木鸟大年初一也不清闲,他正要去给树木捉虫治病。小灰兔急匆匆赶来说:"不好啦!他们都闹病了。"说着,把黑熊、刺猬的名字说了一大串。

啄木鸟医生听了,笑着说:"小灰兔,你弄错了,他们都在冬天睡觉。冬天到来之前,他们都已做好了过冬准备,一个冬天不吃不动,这样不会冻死饿死,明年开春,都会醒过来的。他们在冬眠哪!"

小灰兔一听,这才高高兴兴到别的朋友家拜年去了。

知识拓展

　　动物冬眠也叫"冬蛰"。有些动物在冬季时生命活动处于极度降低的状态,是这些动物对冬季外界不良环境条件(如食物缺少、寒冷)的一种适应。蝙蝠、刺猬、极地松鼠等都有冬眠习惯。冬眠,是变温动物避开食物匮乏的寒冷冬天的一个"法宝"。

小八哥当翻译

外国的白天鹅王子要到森林王国来访问,小八哥奉鹰大王的命令,给白天鹅当翻译,陪他参观访问。

早晨,公鸡"喔喔"的叫声把白天鹅王子叫醒了。小八哥翻译说:"公鸡在说,天亮了,赶快起床吧!"

很快,太阳公公露出了红彤彤的笑脸,小八哥陪王子来到一座小村庄。

"嘎嘎! 嘎嘎!"这是鸭子的语言。小八哥说:"他在喊我下河游泳啦!"

"咯哒! 咯哒!"这是母鸡的语言。小八哥说:"她在叫着,说她生下蛋啦!"

"哞! 哞!"这是老水牛的语言。小八哥说:"他在说,要去耕田啦!"

这时,"嗡嗡嗡"飞来一群小蜜蜂。白天鹅问:"他们在说什么?"

小八哥看了看,说:"他们说话不靠声音,她们是用舞蹈在说话:他们一会儿跳圆圈舞,一会儿跳八字舞,一会儿跳摇摆舞。这是在告诉伙伴们:蜜源在哪里,距离有多远,数量有多少……这种语言太有趣了。"

　　小八哥正说着,看到一群蚂蚁在来来往往地找食物。他们有时碰碰对方的触须;有时闻闻对方的气味。小八哥对白天鹅王子说:"这就是蚂蚁的无声语言,他们在互相招呼呢!"

　　天黑了,小八哥陪白天鹅王子回到宾馆,突然传来一阵"汪汪汪"的叫声,把白天鹅王子吓了一跳。小八哥忙说:"别怕,这是狗的语言。狗正向主人报警呢!"

　　白天鹅王子听了,高兴地说:"你懂的语言真多啊,谢谢你的帮助!"

知识拓展

　　动物也有着自己的语言,包括:声音语言、超声语言、运动语言、色彩语言、气味语言等。

小杜鹃学做窝

谁都知道,杜鹃家祖祖辈辈,没有一个会做窝的。一只小杜鹃决心从他开始,学会自个儿做窝。他先找缝叶莺大嫂,见她在忙着做窝。她用草和蜘蛛丝,把两片芭蕉叶缝成一个小巧的绿口袋。杜鹃连声说:"这算什么房子,连屋基都没有。挂在半空里,生的蛋不摔下来才怪呢。"说完就飞走了。

杜鹃飞到一棵大树顶上,看见穿黑衣裙的乌鸦妈妈,站在用枯枝和干草做的窝里,笑眯眯地看着自己刚造好的新家。杜鹃摇摇头说:"这算什么房子,连个屋顶也没有,下起雨来不漏才怪呢。"说完又飞走了。

杜鹃又停在一棵树上休息。头戴鸡冠帽的戴胜鸟大娘,从树洞里钻出来,说:"这是我的家,请进来坐一会儿。"杜鹃刚把头伸进洞里,就闻到一股臭味。杜鹃说:"不坐,不坐!这算什么房子,又黑又脏,怎么能住?"说着,拍着翅膀飞走了。

杜鹃飞到江边,见岩壁石缝里,有一个用泥巴、草叶、破布做成的小盘子。雨燕大婶正蹲在里面产蛋。杜鹃嘴一瘪:"这算什么房子。把家造在这么陡的石壁上,太危险啦!"说罢,又飞走了。

就这样,杜鹃整天飞来飞去,说人家造的房子这也不好,那也不好，自己又不动手。所以，直到今天，他也没学会造房子。

知识拓展

　　杜鹃性情孤独，平时多单独活动，在生儿育女时，它也不筑巢，不孵卵，不育雏，但是它们照样繁殖后代。原来，杜鹃在产卵前物色好其他鸟巢，窥视周围的动静，一旦老鸟离巢，它就占着别人的窝下蛋，然后衔着窝主人的蛋离去，让窝主人替它孵蛋育雏。杜鹃练就了一套以假乱真的本领。它下的蛋在颜色，大小，斑点，花纹上与它所占的巢的蛋完全一样。

获益一生的知识故事

三项全能冠军

动物王国举行运动会。运动会最后一个比赛项目,是争夺三项全能冠军。哪三项?赛跑、游泳、飞行。

第一个报名参加比赛的是鸭子。信鸽总裁判问:"你先考哪一项?"鸭子说:"我先考游泳。"说完,他就跑下河去,在河里游起来。他自由自在地在河里来回地游着,一会儿他又扎了个猛子。信鸽说:"你游泳这项得一百分。下面考赛跑。"

鸭子爬上岸,迈开双脚,一摇一摆地走起路来。他那走路的样子,逗得大家笑了。最后一项考飞行。鸭子张开翅膀使劲地扑打着,身子刚离开地,就落了下来。

第二个参加比赛的是小麻雀,他在天上飞了一阵,又快又灵活。接着他落下地,一下一下地往前跳。别看小麻雀腿短,可是跳起来却很快。信鸽说:"现在考最后一项游泳。"小麻雀从来没游过泳。他想学鸭子,用两只脚拨水,他刚把脚伸进水里,身上的羽毛就被水打湿了,结果他一下子落在水里,眼看着要沉下去了,幸亏鸭子游过去,将他救起来。

第三个参加比赛的是大雁,他先在河里稳稳当当地游了一会,又上岸大步走了一会,接着飞上蓝天,绕了个圈儿。

当大雁刚落下地,信鸽就宣布:大雁是三项全能冠军。

知识拓展

　　大雁又称野鹅,天鹅类,大型候鸟,属国家二级保护动物。大雁热情十足,能给同伴鼓舞,用叫声鼓励飞行的同伴。

小花猫上当了

有只小花猫，嘴上长着长长的白胡子。一天，爸爸妈妈出去了，小花猫独个儿躺在门口，刚迷迷糊糊地睡着，忽然传来尖溜溜的说话声："你看小花猫，长那么长的胡子，真难看！"

"是啊，像个小老头儿！"

小花猫听到这些话，忙从地上爬起来，对着镜子一照，看到了自己的胡子，真像个老头儿，难看死了。他想变得好看点儿，就拿起小剪刀，"咔嚓咔嚓"几下，把胡子都剪掉了。

这时两只老鼠从小花猫身后溜过，啊，刚刚说话的，原来是两只老鼠呀。小花猫一见，转身扑了过去。老鼠一见小花猫，"吱溜吱溜"地叫着钻到洞里去了。小花猫正想跟着老鼠往洞里钻，没料到，因为嘴上光溜溜的，他没法测量老鼠洞的大小，头一钻进去，就塞住了，要进，进不去；要退，退不出来。两只老鼠趁这机会，朝小花猫的鼻子狠狠咬去。小花猫痛得叫了一声，一用力，才把头从老鼠洞里拔了出来。

正在这时，小花猫的爸爸和妈妈回来了。

猫妈妈发现小花猫的胡子不见了，忙问他，是不是被老鼠咬掉了。小花猫摇摇头，说是自己剪掉的。

猫爸爸说："我们的胡子是走路和捉老鼠不可缺少的呀。我们夜里走路,胡子碰到墙上,就会知道前面有墙壁,不会撞上去了;遇到老鼠洞,我们可以用它量一量洞口大小。你听老鼠的话,把胡子剪了,今后你晚上怎么走路,怎么捉老鼠啊?你上了他们的当啦!"听了爸爸的话,小花猫后悔得哭了。猫妈妈说:"别哭了,胡子会慢慢再长出来的,以后做事要多动点脑筋啊!"

知识拓展

胡须不仅仅是一种装饰,而且是猫的一种特殊感觉器官。猫胡须根部有极细的神经,稍稍触及物体就能感觉到。因此有人把它比作蜗牛的触角,有雷达般的作用。当猫在黑暗处或狭窄的道路上走动时,会微微地抽动胡须,借以探测道路的宽窄,便于准确无误地自由活动。有人认为在黑暗里猫胡须是通过空气中轻微压力的变化来识别和感知物体,作为视觉感官的补充。这说明胡须是猫极为重要的触觉器官。因此,家庭养猫应注意不要让小孩故意地把胡须剪掉,这样会大大影响猫自由活动时的判断力。另外,如发现猫胡须本身有折断现象时,最好还是把它拔除,以促进新胡须的生长,折断的胡须对猫也没有什么用处。

黑熊住旅馆

黑熊大叔出门旅行，一天，走到夜里，才找到一家小旅馆。旅馆主人是大花狗。

大花狗早就听到黑熊的脚步声了。他迎上去招呼道："你好！黑熊大叔！"

黑熊向大花狗要一个房间。

大花狗说："真抱歉，房间都住满了，不过我可以带你去看看，如有合适的地方，您就住下吧！"

大花狗领着黑熊，他打开第一个房间，这里住着两只大象。

黑熊轻声问："他们怎么一只躺着，一只站着？"

大花狗说："躺着的是亚洲象，亚洲象习惯躺着睡；站着的是非洲象，非洲象喜欢站着睡。"

他们来到第三个房间。看见两只大松鼠睡得正香。大尾巴盖在身上当被子，蓬蓬松松可暖和啦。

大花狗打开第四个房间，三只小水獭在老水獭身边睡，还磨着牙齿。

黑熊他们来到第五个房间，这里住着猴妈妈和猴宝宝。猴妈妈睡着了，紧紧地拉住小猴的尾巴。

大花狗打开第六个房间,树獭抱着树枝,睡在树上。

大花狗领着黑熊到了第七个房间,正巧几只蝙蝠飞了出来。

大花狗说:"蝙蝠白天睡觉,现在天黑了,他们要去捉虫了,你睡在这里吧。"

黑熊一看,这房间还合适,便在这儿住下了。

知识拓展

动物睡觉的姿势千奇百怪,骆驼四肢弯曲跪着睡觉,麻雀站着树枝上睡觉,鱼儿是边游边睡觉,蝙蝠则倒吊着睡觉,老鼠是趴着睡觉。

老狐狸卖玻璃

天气渐渐冷了，小松鼠全家动手，盖了座新房子。新房子上有好几个窗户，到了冬天，呼呼的北风从窗户里吹进来，全家冻得直打哆嗦。

小松鼠想，到哪儿去找块玻璃安上去呢？

他走出屋子，到处买玻璃，可怎么也买不到，这真急人哪。他来到小河边，碰到一只老狐狸。老狐狸听说小松鼠买不到玻璃，就灵机一动，想了个坏主意。

老狐狸叫小松鼠先回去等着，自己稍等一会就会把玻璃送到他家去。

原来，老狐狸看到小河结冰了，小河的冰是透明的，很像玻璃。他小心地敲了一块冰送到小松鼠家，把它安在窗户上，嘿，就像玻璃一样，挡住了风，屋子里也亮堂，小松鼠一家很高兴，还给了狐狸钱呢。

第二天，太阳出来了，小松鼠坐在窗户下晒太阳。太阳晒在身上，暖洋洋的。

　　忽然,一滴一滴的水滴落在他的头上和脖子上。他抬头一看,咦?窗户又变成一个大洞了,老狐狸送来的玻璃忽然不见了。

　　小朋友们,你们知道玻璃去哪了吗?

知识拓展

　　当温度在 0℃ 或 0℃ 以下时,水便凝结为固体,以冰的形式存在。水凝结为冰后体积增大。

牙签鸟

一天，森林里的鸟儿们正在玩儿，牙签鸟飞来说："咱们到鳄鱼大叔家去玩玩吧。"

牙签鸟领着众鸟来到河边，大家停在一棵大树上，只见鳄鱼像条大壁虎似地趴在沙滩上，样子很可怕，谁都不敢上前靠近他。

牙签鸟劝道："别看鳄鱼外表长得丑，心肠可好呢！"说完，他轻轻地钻进鳄鱼的大嘴巴里，突然鳄鱼的嘴巴闭上了。树上的鸟儿们吓得惊叫起来。

就在鸟儿们惊慌的时候，鳄鱼又张开大嘴，牙签鸟不慌不忙地飞了出来。

鸟儿们立即围上去，七嘴八舌地问牙签鸟是怎样脱险的。牙签鸟嘿嘿一笑，说："我在他的牙缝里剔食吃，鳄鱼感到怪自在，不在意打了个盹儿，把我关在嘴里，我张开翅膀拍拍他的上腭，他就让我出来了。"说着，牙签鸟抖抖身子给大家看："喏，他没伤我一片羽毛，这不会假吧？"

这下，鸟儿们都相信了牙签鸟的话，争着飞到鳄鱼嘴里去，想看个究竟。不料，一只小花雀刚飞到鳄鱼的嘴边，就被他"叭"地一口吞进肚子里。这下鸟儿们吓得一个个飞走了。他们这才明白，牙签鸟是鳄鱼的帮凶啊。

知识拓展

获益一生的知识故事

凶猛的非洲鳄鱼有牙签鸟类做朋友，无独有偶，凶猛的非洲犀牛和犀牛鸟也是好朋友。犀牛的皮肤虽然坚厚，可是皮肤皱褶之间却又嫩又薄，一些体外寄生虫和吸血的蚊虫便趁虚而入，从这里把它们的口器刺进去，吸食犀牛的血液。犀牛又痒又痛，可除了往自己身上涂泥能多少防御一点这些昆虫叮咬外，再没有别的好办法来赶走、消灭这些讨厌的害虫。而犀牛鸟正是捕虫的好手，它们成群地落在犀牛背上，不断地啄食着那些企图吸犀牛血的害虫。犀牛浑身舒服，自然很欢迎这些会飞的小伙伴来帮忙。

小·蝌蚪找妈妈

春天来了,大脑袋、长尾巴的小蝌蚪发觉妈妈不见了,他们在池塘里到处找妈妈。可他们不知道妈妈是什么样儿。鸭子妈妈告诉他们:"你们的妈妈头顶上有两只大眼睛,嘴巴又宽又大,你们自己去找吧!"

小蝌蚪高高兴兴地向前游去。他们看见一条大鱼,头顶上有两只大眼睛,嘴巴又宽又大,就追上去喊妈妈。大鱼笑着说:"我是小鱼的妈妈。你们的妈妈有四条腿。再到前面去找找吧!"

小蝌蚪们又高高兴兴地向前游去。

他们看见一只大乌龟,有四条腿。他们又追了上去喊妈妈。大乌龟笑着说:"我是小乌龟的妈妈。你们妈妈肚皮是白的。到前面去找吧!"

小蝌蚪们看见一只白肚皮的大白鹅游过来,他们就追上去喊妈妈。大白鹅笑着说:"小蝌蚪,我是小鹅的妈妈。你们的妈妈穿绿衣服,唱起歌儿来'呱呱'的。你们到前面去找找吧!"

小蝌蚪游啊,游啊,游到池塘边,看见一只青蛙坐在荷叶上"呱呱"地唱着歌。小蝌蚪小声地问:"请问您看见我们的妈妈了吗?"

青蛙听了"呱呱呱"地笑起来:"我就是你们的妈妈呀!"

小蝌蚪们听了,一齐摇摇尾巴,说:"奇怪! 我们的样子为什么长得一点儿都不像您呢?"青蛙妈妈说:"你们还小呢。等过些日子你们会长出两条后腿来,再过些日子你们又会长出两条前腿来,等四条腿长齐了,脱掉了尾巴,换上绿衣服,你们就跟妈妈一样了!"

小蝌蚪们听了,都高兴得叫起来:"这下我们找到妈妈啦!"

知识拓展

　　小蝌蚪首先会慢慢的长大,过程中会渐渐的显现出两条后腿,尾巴也会慢慢变短,然后会渐渐的长出两条前腿,体积也变大,最后尾巴完全消失,长成青蛙。

小华养金鱼

小华的爸爸养了一缸金鱼,有红有黑,鼓眼泡,长尾巴,配上绿绿的水草,真漂亮。

有一次,爸爸要出差,叫小华照顾好金鱼,还再三说:"养金鱼要喂鱼虫,要换水,有一套学问哩。"

小华说:"那有什么!我去捞鱼虫,过几天换一次水,我会!"

爸爸走了,小华天天给金鱼喂食,过几天换一次水,可过了半个月,爸爸回来一看,小金鱼都肚子朝天,死啦。

爸爸问小华:"你什么时候给小金鱼换水的?"

小华想了想说:"前天换过一次,今天又换一次水。为了保持卫生,我用的还是凉开水哩……"

小华的话还没说完,爸爸哈哈大笑起来:"得了,得了,用凉开水养鱼,鱼还不死吗?"

小华惊奇地问:"怎么?凉开水不是比自来水更干净吗?"

爸爸说:"凉开水经过高温煮沸,杀死了细菌,但也去掉了空气。小金鱼在没有空气的凉开水里,怎么能活呢?"

小华这才明白,原来鱼也要吸进氧气哩。啊,干什么都有学问呀。

101

知识拓展

　　观察一条鱼的的时候,我们会发现鱼的嘴巴在不停地一张一合吞水,其实,这是鱼在呼吸。鱼吸水时腮盖是盖着的,以防止吸入的水流失;接着,鱼口关闭,并将吸入的水压向腮盖排出去,同时由腮滤下的氧会输送到全身。然后鱼口又张开,进行下一轮呼吸。

获益一生的知识故事

调皮的草鱼

一条小水牛，沿着河岸，一边走着，一边啃岸边的青草。他头一抬，看见河面上浮着一大堆青草，心里直纳闷，就"哞——"地长叫了一声。这时，一条大鲢鱼探出头来，问："牛弟弟，你叫什么？"

小牛睁大眼睛说："河里怎么放着草？真奇怪，我们牛啊羊啊才吃草。难道你们鱼也吃草？"

大鲢鱼说："我不吃草，我爱吃浮游的小生物。草鱼是吃草的。"

小牛问："你们鱼哪有牙齿呀！"

大鲢鱼还没有来得及回答，这时，从水里游来三条草鱼，他们探出头来问："谁说我们没牙齿？"

小牛不信，对一条草鱼说："你张开嘴让我看看。"

草鱼们都张开了嘴，笑了起来："嘻嘻，嘻嘻！"

小牛说："笑什么？"小牛仔细瞧着草鱼的嘴，顶认真地说："你们是没有牙齿呀，怎么吃草呢？"

草鱼们不回答小牛的话，钻到青草丛里，用嘴的上下颌咬住草，甩动头部，把草拉断了，一口吞进嘴里，然后调皮地说："我们的牙齿长在嗓子眼里，样子像梳子，叫咽喉齿，能磨碎青草，别人从外边可看不出来。就是你这最大的牛眼睛也看不到呀！"

草鱼们这番话,可把小牛逗笑了。

知识拓展

　　我们在鱼市上经常看到的鲤鱼、青鱼、草鱼,它们的口中确实没有牙齿,可是它们却具备了咽喉齿。鲤科鱼类的咽喉齿特别发达,它们的功能是把食物切断或压碎。咽喉齿的形状也不一样,有的牙齿扁而薄,有的呈指形,有的尖端锐利,有的带钩,也有的表面带锯齿,还有的和哺乳类的臼齿相似,这些不同形状的牙齿与鱼类的食性有很大关系。

获益一生的知识故事

灭蚊英雄

　　孑孓是什么？孑孓是蚊子的幼虫，长大后就变成蚊子。要消灭蚊子，就得先消灭孑孓。

　　池塘里，一群孑孓在水里翻筋斗，一只蝌蚪追上来，一口一个，吃得津津有味。忽然，一个戴面具、有六条腿的长身子怪物，也游过来吃孑孓。蝌蚪吃了一惊，忙问："喂，你是谁呀？"怪物说："我是水虿呀！我爸爸妈妈就是大名鼎鼎的灭蚊英雄蜻蜓呀。"蝌蚪说："哦，原来是这样，可你一点儿也不像你爸爸妈妈！"水虿说："你爸爸妈妈是四条腿的青蛙，可你像条小虫呀！不过，我知道，你也是灭蚊英雄！"

　　他们正说着，一条食蚊鱼游过来，对蝌蚪、水虿说："别忘了我也是灭蚊英雄！"说着，张开小嘴，一口一个孑孓，吃得快极了。别看他是一寸多长的小鱼，身体长得像一片柳叶儿，一天却能吃二百多只孑孓。蝌蚪、水虿看了都很佩服。大家边吃边谈，边吃边玩，一会儿，就变成了好朋友。

　　日子一天天过去了。蝌蚪生出了四条腿，变成了漂亮的小青蛙。水虿脱了十几次皮，变成了神气的蜻蜓。他俩向食蚊鱼告别。食蚊鱼见好朋友要离开了，感到依依不舍。小青蛙和小蜻蜓说："别难过，我俩会回来看你的，再见！"说完，小青蛙一蹦，跳出了池塘。蜻蜓翅膀一闪，飞到天空去了。

知识拓展

　　卵孵化出来的稚虫，称为水虿。水虿常伸出勾状带爪钩的下唇，捕捉水中小动物维生。水虿是游泳专家，它采用的是喷射式的，只要腹部一压缩，水就往后喷，身体自然向前冲，速度极快。以直肠气管鳃呼吸。水虿长大了，爬上突出水面的树枝或石头，就羽化成一只犹如空中飞龙的蜻蜓成虫了。

获益一生的知识故事

看不见的手

一天,小熊到猴爷爷家做客。猴爷爷在一棵桃树下摆张桌子,准备请小熊吃桃子。

是啊,树上结满了又红又大的桃子,一定很好吃。小熊对猴爷爷说:"你年纪大了,还是我上去摘桃子吧。"

猴爷爷仰着头,盯着桃子看,没吭声,也没动手。小熊正奇怪,忽然,树上掉下几个桃子来。

小熊说:"猴爷爷,谢谢你! 但是你没有动手采,桃子怎么会自己掉下来的?"

猴爷爷说:"那是地球爷爷帮的忙。他有许许多多的'手'呢。"

小熊说:"我怎么没看见地球爷爷的手?"

地球爷爷说话啦:"我没有'手',可我有很大的力气,让蹦蹦跳跳的皮球掉下来,让断线的风筝掉下来,也让成熟的桃子全部掉下来……

这个就叫地心吸引力。我这是看不见的大手呀!"

地球爷爷的话刚说完,小熊又看到几个熟了的桃子掉下来了。

知识拓展

一天，英国物理学家牛顿在苹果树下休息，苹果掉下来砸到他的头上，它就想苹果为什么会掉到地下，于是经过研究，发现地球有引力。

巧修乒乓球

一天，小伟和小红在院子里玩乒乓球，小红拣球的时候，不小心一脚把乒乓球踩瘪了一小块儿。小伟接过球，往地上扔了一下，球跳不起来了。

小伟的哥哥见了，接过球，用手捏了捏说："不碍事，我给你们修修！"说着，他进屋端盆开水，把球放在盆里，眼看着乒乓球上瘪的地方慢慢地鼓了起来。

哥哥把乒乓球从水里捞出来，递给小伟。

小伟问："哥哥，乒乓球瘪了，放到热水里，怎么一下子就鼓起来了呀？"

哥哥说："你们知道乒乓球里有什么吗？"

小红说："什么也没有呀。"小伟说："不，里面有空气！"

哥哥点点头说："对！对！里面有空气。你们再想想，我刚把乒乓球放到热水里，里面的空气就怎么啦？"

小伟突然想起来了抢着说："噢，我知道，乒乓球放到热水里，里面的空气受热就膨胀了，空气一膨胀，拼命往外挤，就把乒乓球瘪下去的地方给撑鼓了，对吗？"

哥哥笑着说："对呀！"

乒乓球修好了，小伟和小红又接着打乒乓球啦。

知识拓展

热胀冷缩就是物体在加热的时候体积增大，降温的时候体积减小的现象。这个现象是由于原子在加热时，动能增大，原子间的距离增。体积也就增大了。固体和气体的原因是一样的。

不能错怪小花猫

星期天,阿龙的妈妈买回来一只花瓶,还在花瓶里插几枝梅花呢。这花瓶很美,妈妈怕被小花猫跳上跳下地碰坏,就将花瓶放在写字台靠墙的角落里。花瓶里的梅花发出一股股香味,阿龙舀了一勺水,灌进花瓶。

晚上,寒流来了。第二天早晨,窗玻璃上结满了美丽的冰花。阿龙发现花瓶裂开了。呀!花瓶准被小花猫弄坏啦。阿龙走上去,拎起小花猫耳朵,一边打,一边说:"你为什么打碎花瓶!你为什么打碎花瓶!"

这时,妈妈走来一看,说:"别错怪小花猫,弄坏花瓶的是你自己!"阿龙一听,急得哭了,连忙说:"我没打坏花瓶啊!"爸爸笑着说:"别哭,阿龙,不是你故意弄坏的。你昨天在花瓶里灌满了水,夜里结了冰。是冰把花瓶胀破的。"

阿龙擦干眼泪问:"冰怎么会胀坏花瓶呢?"

爸爸说:"天气冷到摄氏零度以下,水就结成冰。水结冰时,体积变得比水大。冰的膨胀力很大,这样,就在花瓶里面把花瓶胀破了。"

阿龙一听,轻轻地抚摸着小花猫的背说:"小花猫,真对不起,我错怪了你!"

111

获益一生的知识故事

知识拓展

水在4℃时密度最大,就是说分子最紧密,温度再冷后,水分子就不紧密了,就是说密度改变,这样空气进去了,体积就大了。

蔬菜医生

　　菜园子里住着不少蔬菜,有大蒜、香葱,生姜、萝卜……,他们能给人治病,常被病人请到家里去。有株凤仙花不相信,就到这菜园子里去看个究竟。凤仙花一进菜园子,就大声说:"你们还会给人治病?要说给人治病,就数我呀。如人们被蛇咬伤啦,生了什么肿毒啦,只要把我敷在伤口上,就会好。女孩子还爱用我的花瓣染指甲呢。你们蔬菜算什么?"蔬菜们听了,都很生气,谁也不理她。

　　这时,有一男一女,匆匆走来。凤仙花以为来找她的。不料,两人却弯腰把大蒜请走了。

　　男的说:"我得了肠炎,光泻肚子。"女的说:"大蒜能治肠炎、痢疾,还能预防脑炎呢。"

　　过了一会,一位老奶奶来了。她拔了一个萝卜,亲切地说:"萝卜哇萝卜!还是你顶用。冰糖炖萝卜能止咳、化痰、顺气,还能帮助消化,请到我家去吧。"正在这时,管菜园的老伯伯来了,他对老奶奶说:"我的孙子脚扭伤了,这里可有好的药材?"老奶奶指着韭菜说:"有哇!你割些韭菜,用酒炒热了,敷在扭伤的地方,可灵呢!"老伯伯割了一把韭菜,跟老奶奶一起走了。接着,又有不少人来找蔬菜去治病。不是找香葱、生姜去治感冒,就是找花生叶去治失眠……

凤仙花明白了：许多蔬菜果真能治病啊。

知识拓展

　　蔬菜中含有维生素、矿物质及粗纤维，是任何食物所不能替代的，必须每天适量供给人体所需。维生素是与人类的生命有重要的关系，好几种维生素有抗癌作用，如维生素 A 原、维生素 C 以及多种维生素 B 族都有抗癌作用。矿物质中钙、磷、铁等是构成骨骼、毛发以及红血球组成的重要原料，是血液中运输氧气的载体。纤维素是帮助消化、排便、降低粪卟啉的产生，减少诱发直肠癌。蔬菜多为碱性食物，能中和及消除动物性食物中的致癌物——硝酸盐、亚硝酸盐、在消化过程中还能产生碱性物质，以维持人体的酸碱平衡。

获益一生的知识故事

月亮姑姑做衣裳

　　小朋友,你注意过吗?天上的月亮姑姑,身子一会儿胖,一会儿瘦,变化可大哩。一天,月亮姑姑要做衣裳。她的身子长得弯弯的,又瘦又小。裁缝师傅替她量好尺寸就做起来。可拿来一穿,哎呀,她的身体变胖了,这件衣裳没法穿。

　　裁缝师傅只好重新给她量尺寸,又做起来。

　　过了几天,衣裳做好了。月亮姑姑拿来一穿,哎哟,她的身体又变胖了,这回变得又圆又胖,这件衣服还是没法穿。

　　月亮姑姑心里很难过,裁缝师傅说:"再做一件吧!"

　　裁缝师傅又仔细替她量尺寸,回去做起来。

　　过了几天,衣裳又做好了。月亮姑姑拿来一穿,哎哟,她的身体怎么变瘦了?这件衣裳又没法穿了。

　　月亮姑姑心里很难过。裁缝师傅说:"再做一件吧!"

　　裁缝师傅又重新替她量尺寸,回去做起来。

　　过了几天,衣裳做好了。月亮姑姑拿来一穿,哎哟,她的身体又变瘦了,跟上回一样,身子弯弯的,又瘦又小!

　　月亮姑姑的衣裳没法穿,心里很难过,裁缝师傅说:"别难过!我不是给你做了几套衣裳了吗?当你胖的时候,穿什么衣裳,当你瘦的时候，又穿什么衣裳，你自己好好挑选吧！"月亮姑姑一想，高兴得咯咯地笑了。

知识拓展

　　月亮本身不发光，只是把照射在它上面的太阳光的一部分反射出来，这样，对于地球上的观测者来说，随着太阳、月亮、地球相对位置的变化，在不同日期里月亮呈现出不同的形状，这就是月相的周期变化。进一步说，虽然月亮被太阳照射时，总有半个球面是亮的，但由于月亮在不停地绕地球公转，时时改变着自己的位置，所以它正对着地球的半个球面与被太阳照亮的半个球面有时完全重合，有时完全不重合，有时一小部分重合，有时一大部分重合，这样月亮就表现出了阴晴圆缺的变化。

获益一生的知识故事

小蜗牛采草莓

小朋友,你见过蜗牛吗? 背着个硬壳,在地上慢吞吞地爬着。那种不急不忙的样儿,让人看了可心急哩。这儿,讲一个小蜗牛采草莓的故事。

春天的一天,一只小蜗牛要出门去散步,蜗牛妈妈说:"孩子,你到小树林里去玩玩吧,树叶儿发芽了。"

小蜗牛高高兴兴地出发了。他爬得很慢很慢,好久才爬回来。他说:"妈妈,小树林里的小树长满了叶子,碧绿碧绿的,地上还长着许多草莓呢。"

蜗牛妈妈说:"哦,已经是夏天了! 快去采几只草莓回来。"

小蜗牛爬呀,爬呀,好久才爬回来。他说:"妈妈,草莓没有了,地上长着蘑菇,树叶儿全变黄了。"

蜗牛妈妈说:"哦,已经是秋天了! 快去采几只蘑菇回来。"

小蜗牛爬呀,爬呀,好久才爬回来! 他说:"妈妈,蘑菇没有了,地上盖着雪,树叶儿全掉光了。"

蜗牛妈妈说:"哦,已经是冬天了啊! 唉,你还是躲在家里过冬吧。"

小朋友,你看,这只小蜗牛爬得多慢呀,草莓没采到,一年就过去啦。

知识拓展

蜗牛的爬行速度缓慢,全速疾爬的最高速度为 8.5 米/小时,按这个速度计算,需要 5 天才能走完 1 公里的路程。